Jakob Michael Reinhold Lenz

Der Engländer; Eine Dramatische Phantasterei

in Großdruckschrift

 MEGALI

Jakob Michael Reinhold Lenz

Der Engländer; Eine Dramatische Phantasterei

in Großdruckschrift

Reproduktion des Originals.

1. Auflage 2023 | ISBN: 978-3-38705-826-0

Megali Verlag ist ein Imprint der Outlook Verlagsgesellschaft mbH.

Verlag: Outlook Verlag GmbH, Zeilweg 44, 60439 Frankfurt, Deutschland
Vertretungsberechtigt: E. Roepke, Zeilweg 44, 60439 Frankfurt, Deutschland
Druck: Books on Demand GmbH, In de Tarpen 42, 22848 Norderstedt, Deutschland

DER ENGLÄNDER

Jakob Michael Reinhold Lenz
Eine Dramatische Phantasterei

Personen

Robert Hot, ein Engländer Lord Hot, sein Vater Lord Hamilton, dessen Freund Die Prinzessin von Carignan ein Major in sardinischen Diensten verschiedene Soldaten Tognina, eine Buhlschwester ein Geistlicher verschiedene Bediente

Der Schauplatz ist Turin.

Erster Akt

Erste Szene

(Robert Hot spaziert mit einer Flinte vor dem Palast auf und ab.)

(Es ist Nacht. In dem einen FlÜgel des Palasts schimmert hinter einer roten Gardine ein Licht durch.)

ROBERT. Da steck ich nun im Musketierrock, ich armer Protheus. Habe die Soldaten, und ihre Knechtschaft, und ihre Pünktlichkeit sonst Ärger gehaßt, wie den Teufel.—Ha! was täte man nicht um dich, Armida? Es ist kalt. Brennt doch ein ewigs Feuer in dieser Brust, und wie vor einem Schmelzofen glüh` ich, wenn ich meine Augen zu jenen roten Gardinen erhebe. Dort schläft sie, dort schlummert sie jetzt vielleicht. O, der Kissen zu sein, der ihre Wange wiegt.—Wenn der Mond, der so dreist in ihn Zimmer darf, sie weckte, wenn er sie an's Fenster führte!—GÖtter!—Mein Vater kommt morgen an, mich nach England zurückzuführen—Komm, schöne Armida, rette mich! Laß mich dich noch einmal demütig anschauen, dann mit diesem Gewehr mir den Tod geben; meinem Vater auf ewig die grausame Gewalt nehmen, die er über mich hat. Mich nach England zurückzuführen! Mich zu den öffentlichen Geschäften brauchen! Mich mit Lord Hamiltons Tochter verheiraten! (schlägt auf sein Gewehr) Kommt nur! Eher möchtet ihr mich mit dem Teufel verheiraten. (geht lange stumm auf und ab.) O wie unglücklich ist doch der Mensch! In der ganzen Natur folgt alles seinem Triebe, der Sperber fliegt auf seine Beute, die Biene auf ihre Blume, der Adler in die Sonne selber—Der Mensch, nur der Mensch—Wer will mirs verbieten? Hab ich nicht zwanzig Jahre mir alles versagt, was Menschen sich wünschen und erstreben? Pflanzenleben gelebt, Steinleben? Bloß um die törichten Wünsche meines Vaters auszuführen; alle sterbliche Schönheit hintan gesetzt, und wie ein Schulmeister mir den Kopf zerbrochen; ohne Haar auf dem Kinn wie ein Greis gelebt, über nichts als Büchern und leblosen, wesenlosen Dingen, wie ein abgezogner Spiritus in einer Flasche, der sich selbst verraucht. Und nun, da ich das Gesicht finde, das mich für alles das entschädigen kann, das Gesicht, auf dem alle Glückseligkeit der Erde und des Himmels, wie in einem Brennpunkt vereinigt, mir entgegen winkt, das Lächeln, das mein ganzes unglückliches, sterbendes, verschmachtendes Herz umfaßt, und meinen ausgetrockneten, versteinerten Sinnen auf einmal zuzuwinken scheint: Hier ist Leben, Freude ohne Ende, Seligkeit ohne Grenzen—Ach! ich muß hinauf,—so wahr ein jeder Mensch einen Himmel sucht, weil er auf Erden nicht zufrieden werden kann.

(Er schießt sein Gewehr ab, das Fenster öffnet sich, die Prinzessin sieht heraus.)

ROBERT. (kniet.) Sind Sie's, göttliche Armida?—O zürnen Sie nicht über diese Verwegenheit! Sehen Sie herab auf einen Unglücklichen, der zu sterben entschlossen ist, und kein anderes Mittel wußte, Sie vor seinem Tod noch einmal zu sehen, Ihnen zu sagen, daß er für Sie stirbt. Die Sonne zürnt nicht, wenn ein dreister Vogel ihr entgegen fliegt und, von ihrem Glanz betäubt, sodann tot herab ins Meer fällt.

ARMIDA. Wer spricht dort mit mir?

ROBERT. Erlauben Sie mir, daß ich herauf komme, Ihnen meinen Namen zu nennen, meine Geschichte zu erzählen. Das tote Schweigen der Natur, und die feierliche Stille dieser meiner Sterbestunde flößt mir Mut ein. Ich gehe zum Himmel, wenn es einen gibt, und einem Sterbenden muß alles erlaubt sein.—(will aufstehen.)

ARMIDA. Verwegner! Wer seid ihr?

ROBERT. Ich bin ein Engländer, Prinzessin; bin der Stolz und die Hoffnung meines Vaters, der Lord Hot, Pair von England. Auf der letzten Maskerade bei Hof hab ich Sie gesehen, hab ich mit Ihnen getanzt; Sie haben es vergessen, ich aber nicht. Ich kann und darf nicht hoffen, Sie jemals zu besitzen, doch kann ich nicht leben ohne diese Hoffnung. Morgen kommt mein Vater an und will mich nach England zurückführen, und mit Lord Hamiltons Tochter verheiraten. Urteilen Sie nun, wie unglücklich ich bin. Er darfs nicht wissen, daß ich Soldat bin, sonst kauft er mich los; und wo denn Schutz finden; was denn anfangen, wenn mich dieser heilige Stand vor ihm und Lord Hamilton nicht mehr sicher stellen kann?—Bedauern Sie mich, Prinzessin; ich sehe, ich sehe das Mitleid aus ihren schwarzen Augen zittern; ich kann diesen süßen Seufzer mit meinen Lippen auffangen, der ihren Busen mir so göttlich weiß entgegen hebt.—O in diesem Augenblick zu sterben ist alle Glückseligkeit des Lebens wert.

ARMIDA. Mein Herr! ich sehe wohl, daß Sie was anders sind, als Sie zu sein scheinen—daß Sie Bedauern verdienen—Sie sind damit zufrieden, wenn ich Sie bedauere? Ist Ihnen diese Versicherung nicht genug, so bedenken Sie doch, daß mehr verlangen, mein Unglück verlangen hieße.

ROBERT. Ach, schöne Prinzessin! Nichts als bedauern? Und wenn auch das Sie nicht glücklich macht, so will ich den Urheber Ihres Unglücks strafen. (springt auf, nimmt sein Gewehr wieder, und geht herum. Die Runde kommt.)

ROBERT. Wer da?

RUNDE. Runde!

ROBERT. Steh, Runde! (heimlich mit dem Major.)

MAJOR. (laut.) Was ist vorgegangen, daß ihr geschossen habt?

ROBERT. Ich habe einen Deserteur ertappt.

MAJOR. Es hat doch niemand beim Appell gefehlt. Wer war's?

ROBERT. Ich.

MAJOR. Kerl, habt ihr den Verstand verloren? Löst ihn ab, führt ihn in die Hauptwache.

Zweiter Akt

Erste Szene

(Der Prinzessin Palast. Major Borgia. Prinzessin von Carignan.)

MAJOR. Eure Hoheit verzeihen, daß ich mich untertänigst beurlaube. Es wird Kriegsrat über einen Deserteur gehalten, bei dem ich unumgänglich gegenwärtig sein muß.

ARMIDA. Eben deswegen, Herr Major, habe ich Sie rufen lassen. Er ist unter meinem Fenster in Verhaft genommen worden, ich war wach, als der Schuß geschah. Der Mensch muß eine verborgene Melancholie haben, die ihn zu dergleichen gewaltsamen Entschließungen bringt.

MAJOR. Man will sagen, daß er nicht von geringerem Herkommen sein soll. Einige haben mir sogar behaupten wollen, er sei ein Lord, und von einem der ersten Häuser in England.

PRINZESSIN. Desto behutsamer müssen Sie gehen. Erkundigen Sie sich sorgfältig nach seiner Familie bei ihm.

MAJOR. Es ist schon geschehen. Er will aber nichts sagen, und die
 Strenge der königlichen Verordnungen—

PRINZESSIN. Ich gelte auch etwas bei dem König, und mein Bruder; und ich will, daß Sie ihm das Leben nicht absprechen, Herr Major, wenn Ihnen Ihr zeitlich Glück lieb ist.

MAJOR. Nach dem Kriegsreglement hat er das Leben verwirkt—

PRINZESSIN.
 Ich gehe, mich dem Könige deswegen zu Füßen zu werfen, unterdessen
 erkundigen Sie sich aufs sorgfältigste nach seinen Eltern, und sehen
 Sie, daß Sie ihnen, so geschwind es sein kann, Nachricht von diesem
 Vorfall geben. Ich bitte mirs von Ihnen zu Gnaden aus, Herr Major!

MAJOR. Eurer Hoheit Befehle sind mir in allen andern Stücken heilig—(sie gibt ihm noch einen Blick, und geht ab. Der Major gleichfalls von der andern Seite.)

Zweite Szene

(Roberts Gefängnis. In der Dämmerung.)

ROBERT. (spielt die Violine und singt dazu.)

So geht's denn aus dem Weltgen 'raus,
O Wollust, zu vergehen!
Ich sterbe sonder Furcht und Graus,
Ich habe sie gesehen.
Brust und Gedanke voll von ihr:
So komm, o Tod! ich geige dir;
So komm, o Tod! und tanze mir.

Nur um ein paar Ellen hÄtt' ich ihr näher sein sollen, ihre Mienen auf mich herabscheinen zu sehen—ihren Atem zu trinken—Man muß genÜgsam sein—Das Leben ist mir gut genug geworden, es ist Zeit, daß ich gehe, eh es schlimmer wird. (spielt wieder.)

O Wollust—o Wollust, zu vergehen!
Ich habe—habe sie gesehen.

(Die Prinzessin von Carignan tritt ins GefÄngnis, verkleidet als ein junger Offizier. Ihr Bruder als Gemeiner.)

ROBERT. Himmlisches Licht, das mich umgibt! (läßt die Geige fallen, kniet.)

PRINZESSIN. Stehen Sie auf, mein Herr! ich bring Ihnen Ihr Urteil—Ihre Begnadigung vielmehr. Ich war die Ursache der unglÜcklichen Verirrung Ihrer Einbildungskraft, ich mußte dafür sorgen, daß sie nicht von zu traurigen Folgen für Sie würde. Sie werden nicht sterben. Stehen Sie auf. (als ob sie ihn aufrichte.)

ROBERT. (bleibt kniend.) Nicht sterben? Und das nennen Sie Gnade!
—Oft ist das Leben ein Tod, Prinzessin, und der Tod ein besseres
Leben.

PRINZESSIN. Das Leben ist das hÖchste Gut, das wir besitzen.

ROBERT. Freilich hört mit dem Tod alles auf, aber im höchsten Genuß aufhören heißt tausendfach genießen.

Gönnen Sie mir dieses Glück, Prinzessin, (ihr einen Dolch reichend, der auf einem Sessel liegt,) lassen Sie mich den Tod aus diesen Händen nehmen, von denen er mir allein Wohltat ist. Ich will meinen entfliehenden Atem in diese Hände zurückgeben, die ihn schon lange gefesselt hatten, die zu berühren, meine scheidende Seele schon tausendmal auf meinen Lippen geschwebt ist.

PRINZESSIN. (setzt sich.) Mein Freund!—(knöpft sich ein Armband ab.) Hier haben Sie etwas, das Ihnen das Leben angenehmer machen soll; nehmen Sie es mit in Ihre Gefangenschaft, versüßen Sie sich die Einsamkeit damit; und bilden Sie sich ein, daß das Urbild von diesem Gemälde vielleicht nicht so fühllos bei Ihren Leiden würde gewesen sein, als es dieser ungetreue Schatten von ihm sein wird. (gibt ihm das Portrait, und eilt jählings ab.)

ROBERT. (in die Knie sinkend, das Bild am Gesicht.) Ach, nun Ewigkeiten zu leben!—mit diesem Bilde!—Wesen! wenn eins da ist, furchtbarstes aller Wesen! könntest du so grausam gegen einen handhohen Sterblichen sein, und mir dies im Tode nehmen—Wenn ein Leben nach dem Tode wäre—dies ist das erstemal, daß mich der Gedanke bei den Haaren faßt, und in einen grauenvollen Abgrund hinabschüttelt—Ein Leben nach dem Tode, und ohne sie— Nein, sie wußte, was sie mir brachte, Leben und ihr Bild. Es ist ihr daran gelegen, daß ich sie nicht aus diesem Herzen verliere, und wenn ich verginge, verging ein Teil ihres Glücks mit. Ich will also die Begnadigung um ihretwillen annehmen. (steht auf, nimmt das Urteil von dem Tisch und liest,) "in eine lebenslängliche Verweisung auf die Festung." Lebenslänglich! das ist genug—aber sie wird vor mir stehen, ihre Hand wird mir den Schweiß von der Stirne trocknen, die Tränen von den Backen wischen—die Augen mir zudrücken, wenn ich ausgelitten habe. Überall werd ich sie hören, sie sehen, sie sprechen, und die Kette, an der ich arbeite, wird ihre Kette sein. (fährt zusammen.) Wen seh ich!

(Der alte Lord Hot tritt herein.)

LORD. Unwürdiger! ist das der Ort, wo ich dich anzutreffen hoffte?

ROBERT. (fällt ihm zu Füßen, eine Weile stumm.) Lassen Sie mich zu mir selber kommen, mein Vater—

LORD. (hebt ihn auf, und umarmt ihn.)
Armer, wahnwitziger, kranker Schulknabe! du ein Pair im
Parlement?—

ROBERT. Hören Sie mich an.-LORD. Ich weiß alles. Ich komme von der Prinzessin von Carignan (Robert zittert.) Du hast die Dame unglücklich gemacht, sie kann es sich und ihre Reizungen nicht verzeihen, einen Menschen so gänzlich um seinen Verstand gebracht zu haben, der jung, hoffnungsvoll, in der Blüte seiner Jahre und Fähigkeiten, seinen Vater und

Vaterland in den größten Erwartungen hintergeht. Hier ist deine Befreiung! Willst du der Prinzessin nicht auf ewig einen Dorn in ihr Herz drücken, so steh auf, setz dich ein mit mir, und kehr nach England zurück.

ROBERT. (eine Weile außer Fassung. dann fährt er plötzlich nach der
 Ordre in des Vaters Händen, und will sie zerreißen.)

LORD. Nichtswürdiger!—deine Begnadigung!—

ROBERT. Nein, die Begnadigung meiner Prinzessin war viel gnädiger. Ich habe die Festung verdient, weil ich mich unterstanden, ihre Ruhe zu stören. Aber ich blieb ihr nah; derselbe Himmel umwölbte mich, dieselbe Luft wehte mich an—es waren keine Länder, kein ungetreues Meer zwischen uns; ich konnte wenigstens von Zeit zu Zeit Neuigkeiten von ihr zu hören hoffen—Aber nun auf ewig von ihr hinweggerissen, in den Strudel der öffentlichen Geschäfte; vom König, und Ihnen, und Lord Hamilton gezwungen, in den Armen der Lady Hamilton—sie zu vergessen!—Behalten Sie Ihre Begnadigung für sich, und gehen in die Wälder, von wilden Tieren Zärtlichkeit für ihre Jungen zu lernen.

LORD. Elender! so machst du die menschenfreundlichsten Bemühungen zu nichte, und stößest die Hände, die dich von dem Sturze des Abgrundes weghaschen wollen, mit Undankbarkeit von dir. Wisse! es ist nicht meine Hand, die du zurückstößt, es ist die Hand deiner Prinzessin selber. Sie hat dir diese Befreiung ausgewirkt, und damit sie deine unsinnige Leidenschaft und diese Großmut nicht nährte, hat sie mich gebeten, ihr meinen Namen dazu zu leihen, hat sie sich gestellt, dir eine zweideutige Begnadigung ausgewirkt zu haben, um sich dadurch in deiner Phantasie einen widerwärtigen Schatten zu geben. Aber deine Raserei ist unheilbar; wenigstens zittre, ihren großmütigen Absichten entgegen zu stehen, und wenn du nicht willst, daß sie dich als den Störer ihres ganzen Glücks auf ewig hassen soll— flieh! sie befiehlt es dir aus meinem Munde-ROBERT. (lange vor sich hinsehend.) Das ist in der Tat fürchterlich! diese Klarheit, die mich umgibt, und mir die liebe Dunkelheit, die mich so glücklich machte, auf immer entreißt. Also die Prinzessin selber arbeitet dran, daß ich fortkomme, daß ich nach England gehen, und sie in den Armen einer andern auf ewig vergessen soll.

LORD. Sie hat mich in ganz Turin aufsuchen lassen, da sie unter der
Liste der Durchreisenden meinen Namen gefunden. Sie muß von meiner
Ankunft unterrichtet gewesen sein.

ROBERT. Das ist viel Sorgfalt für mein Glück, für meine Heilung.—Ich bin freilich ein großer Tor—Aber wenn Sie sie gesehen hätten, Lord Hot,—und mit meinen Augen—das erstemal, als ich sie auf der Maskerade sah—wie sie so da stand in ihrer ganzen Jugend, und alles um sie lachte, und gaukelte, und glänzte, die roten Bänder an ihrem Kopfschmucke von ihren Wangen die Röte stahlen, die Diamanten aus ihren Augen das Feuer bettelten, und alles um sie her verlosch, und man, wie bei einer göttlichen Erscheinung für die ganze Natur, die Sinne verlor, und nur sie und ihre Reize aus der weit verschwundenen Schöpfung übrig behielt. Und was für ein Herz diese Schönheit bedeckt. Jedermann in Turin kennt sie, jedermann spricht von ihr mit Bewunderung und Liebe. Es ist ein Engel, Lord Hot! ich weiß Züge von ihr, die kalte Weltweise haben schaudernd gemacht.—Mein Vater, ich kann noch nicht mit nach England. Ich werde heilen, ich muß heilen, aber ich muß mich erst noch erholen, eh ich so stark bin, es selber zu wollen.

LORD. (faßt ihn an der Hand.) Komm! so bald du vernünftig wirst, wirst du glücklich sein, und mich und uns alle glücklich machen, am meisten aber die, die du anbetest.

ROBERT. (legt beide Arme über einander, den Himmel lang ansehend.)
Ich glücklich? (zuckt die Achseln, und geht mit Lord Hot ab.)

Dritter Akt

Erste Szene

(Robert in einem Domino ganz ermüdet nach Hause kommend, und sich in
 Lehnstuhl werfend. Es ist Mitternacht, mehr gegen die Morgenstunde.)

ROBERT. Sie wollen mich durch Mummereien und Vergnügen durch Raserei wieder zu meinem Verstand bringen. Sie haben recht gehabt, sie haben mich wenigstens so weit gebracht, daß ich durch eine verstellte Gleichgültigkeit ihr Argusauge betrügen, und ihren bittern Spöttereien über die schönste Torheit meines Lebens ausweichen kann. Ha, unter allen Foltern des Lebens, auf die der Scharfsinn der Menschen gesonnen haben kann, kenn ich keine größere, als zu lieben und ausgelacht zuwerden. Und die Marmorherzen machen ihrem Gewissen diese Peinigung ihrer Nebenmenschen so leicht, weil sie ihnen so wenig Mühe kostet, weil sie ihrem Stolz und eingebildeten Weisheit so sehr schmeichelt, weil sie die schlechteste Erdensöhne mit so geringen Kosten über den würdigsten Göttersohn hinaus setzt. Ha! sie sollen diese Freude nicht mehr haben.—Mich auslachen!—mich dünkt, ein Teil von dem Hohn fällt auch auf den Gegenstand zurück, den ich anbete—(springt auf) und das ist ärger, als wenn Himmel und Erde zusammen fielen, und die Götter ein Spiel der Säue würden—Ruhig, Robert! da kommen sie. (wirft sich wieder in den Lehnstuhl und scheint zu schlummern.)

(Lord Hot und Lord Hamilton kommen. Sie habens gesehen, und lächeln einander zu.)

LORD HOT. Es läßt sich doch zur Besserung mit ihm an.

LORD HAMILTON. Wenn nur ein Mittel wäre, ihm den Geschmack an Wollust und Behäglichkeit beizubringen; er hat sie noch nie gekostet; und wenn das so fortstürmt in seiner Seele, kann er sie auch nie kosten lernen.

LORD HOT. Wenn ich ihn nur in England hätte!

LORD HAMILTON. Hier! Hier! Die italienische Augen haben eine große
 Beredsamkeit, besonders für ein britisches Herz.

ROBERT. (zwischen den Zähnen.) Der Verräter!

LORD HOT. Es tut mir leid, daß ich ihm keine mitgegeben, als er von
 Hause ging.

LORD HAMILTON. Ich kenne hier eine, die einen Antonius von Padua verführt haben würde. Augen, so jugendlich schmachtend, als Venus zum erstenmal aufschlug, da sie aus dem Meerschaum sich loswand, und die Götter brünstig vom Himmel zog. Es ist ein so vollkommenes Meisterstück der Natur, daß alle Pinsel unserer Maler an ihr verzweifelt sind. Ihre Arme, ihr Busen, ihr Wuchs, ihre Stellungen—Ach wenn sie sich einladend zurück lehnt, und tausend zärtliche Regungen den Schnee ihres Busen aufzuarbeiten anfangen-
ROBERT. (wirft ihm seine Uhr an den Kopf.) Nichtswürdiger!

LORD HOT. (läuft ganz erhitzt auf ihn zu, als ob er ihn schlagen wollte.) Nichtswürdiger du selber! Du verdienst, daß man dich in das tiefste Loch unter der Erde steckte.

LORD HAMILTON. (der sich erholt hat, faßt Lord Hot an.) Geduld, Lord Hot! ich bitte dich. Geduld, Mann! Es wird sich alles von selber geben. Ich billige diese Hitze an Roberten, er hat sie von dir. Du hättest es nicht besser gemacht, wenn du in seinen Jahren wärst—Es wird sich legen, ich versichere dich. Ich hoffe noch die Zeit zu erleben, da Robert über sich lachen wird.

ROBERT. (kniend.) Götter! (beißt sich in die Hände.)

LORD HAMILTON. Wir wollen ihn seinem Nachdenken überlassen, er ist kein Kind mehr. (führt Lord Hot ab.)

ROBERT. Das mein' ich, daß er kein Kind ist. Wie hoch diese Leute über mich sind, wie sie über mich wegschreiten! wie man über eine verächtliche Made wegschreitet—Und ihr Vorzug! daß sie kalt sind; daß sie lachen können, wo ich nicht lachen kann—Nun, es wird sich alles von selbst geben, Robert wird ein gescheuter, vernünftiger Mann werden! Es wird schon kommen, nur Geduld!—Unterdessen (öffnet ein Fenster und springt heraus.)

Vierter Akt

Erste Szene

(Robert Hot, als ein Savoyard gekleidet, unter dem Fenster der
 Prinzessin von Carignan in der schönsten sternhellen Nacht.)

ROBERT. Hast du kein Mitleiden mit mir, Unbarmherzige? Fühlst du nicht, wer hier herumgeht, so trostlos, so trostlos, daß die Steine sich für Erbarmen bewegen. Was hab ich begangen, was hab ich verbrochen, daß ich so viel ausstehen muß? Womit hab ich dich beleidigt, erzürnter Himmel, ihr kalten und freundlichen Sterne, die ihr so schön und so grausam auf mich niederseht? Auch in dem Stück ihr ähnlich. Muß denn alles gefühllos sein, was vollkommen ist; nur darum anbetenswert, weil es, in sich selbst glücklich, seine Anbeter nicht der Aufmerksamkeit würdig achtet.—(Wirft sich nieder auf sein Angesicht, dann hebt er sich auf.) Ja, Hamilton hat recht weisgesagt, ich bin so

weit gekommen, daß ich über mich selbst machen muß.
Ist es nicht höchst lächerlich, so da zu liegen, dem Spott
aller Vorübergehenden, selbst dem Geknurr und Gemurr
der Hunde ausgesetzt; ich der einzige meiner Familie,
auf dessen sich entwickelnde Talente ganz England
harrte? Robert, du bist in der Tat ein Narr. Zurück!
zurück! zu deinem Vater, und werd einmal klug. (leiert
auf seiner Marmotte.)

a di di dal da
 a di didda dalli di da.

Ach, gnÄdigste Prinzessin, einen Heller! allergnädigste
kÖnigliche
 Majestät.

a di di dal da
 di di didda dallidida.

O—o! geben Sie mir doch einen Heller, Eure kaiserliche
MajestÄt—Eure päpstliche Heiligkeit—O—o!

(Das Fenster geht auf, es fliegt etwas heraus in Papier
gewickelt.
 Robert fängts begierig auf.)

O, das Geld kommt von ihr—(kÜßt es.) In Papier—Wer weiß, was darauf geschrieben steht. (Macht das Papier auf,) und tritt an eine Laterne.) Nichts!—Robert!—weiß—ganz weiß!—Du hast nichts, Robert, du verdienst nichts.—Wer weiß, warfs ein Bedienter heraus.—Ja doch; es kam nicht aus ihrem Fenster; es kam aus dem obern Stock, und wo mir recht ist, sah ich einen roten Ärmel. Geh zurück in deines Vaters Haus, Robert! es ist eben so gut—Wenn nur die Bedienten meines Vaters ihm von diesem Aufzug nichts sagen, sonst bin ich verloren. Ich schleiche mich noch wohl hinein.—(ab.)

Fünfter Akt

Erste Szene

(Robert in seinem Zimmer, krank auf seinem Bette. Lord Hot tritt herein.)

LORD HOT. Nun, wie stehts? Haben die Kopfschmerzen nachgelassen?

ROBERT. So etwas, Mylord.

LORD HOT. Nun, es wird schon besser werden; ich hoff, ich vertreib sie dir. Steh auf, und zieh dich an, du sollst mit mir zur Prinzessin von Carignan.

ROBERT. (faßt ihn hastig an beide Hände.) Was sagen Sie? Sie spotten meiner.

LORD HOT. Ich spotte nicht; du sollst dich zugleich von ihr beurlauben.

ROBERT. Hat sie mich verlangt.

LORD HOT. Verlangt—sie hat wohl viel Zeit, an dich zu denken. Sie empfängt gegenwärtig die Glückwünschungen des ganzen Hofs, und du wirst doch auch nicht der letzte sein, vor deiner Abreise nach London ihr auch die deinige abzulegen.

ROBERT. Glückwünschungen—und wozu?

LORD HOT. Sie vermählt sich—

ROBERT. (schreit.) Vermählt sich! (fällt zurück und in Ohnmacht.)

LORD HOT. Wie nun, Robert?—was ist dir, Robert?—Ich Unglücklicher!
—Hülfe! (sucht ihn zu ermuntern.)

LORD HAMILTON. Wie stehts? hats angeschlagen?

LORD HOT. Er ist tot.-HAMILTON. (nähert sich.) Nun er wird wieder aufleben, (ihn gleichfalls vergeblich zu ermuntern suchend.) Man muß ihm eine Ader schlagen. (streift ihm den Arm auf.) Geschwind, Bediente, ein Lanzett, oder einen Chirurgen, was ihr am ersten bekommen kÖnnt.

ROBERT. (erwacht, und sieht wild umher.) Wer ist da?

LORD HOT. (bekümmert.) Dein Vater—deine guten Freunde.

ROBERT. (stößt ihn von sich.) Weg mit den Vätern!—Laßt mich allein! —(sehr hitzig.) Laßt mich allein! sag ich!

HAMILTON. Wir müssen ihn allein lassen, daß er sich erholen kann; der Zwang, den er sich in unserer Gegenwart antut, ist ihm tödlich.—Es wird sich alles von selbst legen.

LORD HOT. Du bist immer mit dem alles von selber—Wenigstens alles Gewehr ihm weggenommen. (greift an den Tisch und um die Wände umher, und geht mit Lord Hamilton ab.)

ROBERT. Also vermählt! Das Schwert, das am letzten Haar über meinem Kopfe hing, fällt.—Aus!—alles aus. (springt auf, und tappt nach einem Gewehr.) Ich vergaß es—O deine elende väterliche Vorsicht! (rennt mit dem Kopf gegen die Wand, und sinkt auf den Boden.) Also ein anderer—ein anderer—und vermutlich ein junger, schöner, liebenswürdiger, vollkommener—einer, den sie lang geliebt hat, weil sie so ernstlich auf meine Heilung bedacht war.—Desto schlimmer, wenn er vollkommen ist, desto schlimmer!—er wird ihr ganzes Herz fesseln, und was wird für mich übrig bleiben? nicht einmal Mitleid, nicht ein einziger armer verirrter Gedanke für mich—Ganz aus ihrem Andenken verschwunden, vernichtet—Daß ich mich nicht selbst vernichten kann!—(springt auf, und will sich zum Fenster naus stürzen, Hamilton stürzt herein, und hält ihn zurück.)

HAMILTON. Wohin, Wahnwitziger?

ROBERT. (ganz kalt.) Ich wollte sehen, was es für Wetter gäbe—Ich bin dein Herzensfreund, Hamilton; ich wollt, ich hätte deinen Sohn, oder deine Tochter hier.

HAMILTON. Was wolltest du mit ihnen?

ROBERT. (sehr gelassen.) Ich wollte deine Tochter heiraten.—Laß mich los!

HAMILTON. Ihr sollt euch zu Bette legen. Ihr seid in einem gefährlich fiebrischen Zustand. Kommt, legt euch!

ROBERT. Zu Bette?—Ja, mit deiner Tochter!—Laß mich los!

HAMILTON. Zu Bette! oder ich werd euch binden lassen.

ROBERT. Mich binden? (kehrt sich hastig um, und faßt ihn an der Kehle.)
Schottischer Teufel!

HAMILTON. (wind't sich von ihm los, und schiebt ihn aufs Bett.) He!
Wer ist da! Bediente! Lord Hot!

ROBERT. Ihr seid der stärkere. Gewalt geht vor Recht. (legt sich freiwillig nieder, und fängt an zu rufen.) Georg! Johann! Eduard! He, wer ist da! Kommt, und fragt den Lord Hamilton, was er von euch haben will?

(Bediente komen herein.)

HAMILTON. Ihr sollt mir den jungen Herrn hier bewachen. Seht zu, daß ihr ihn zum Einschlafen bringt—ihr sollt mir Red und Antwort für ihn geben.

ROBERT. Hahaha! und bind ihm nur die Hände, ich rat es euch, denn er hat einen kleinen Fehler hier. (sich auf die Stirn schlagend.)

HAMILTON. Gebt Acht auf ihn; ihr sollt mir für alles stehen, ich sags euch! und wenn ers zu arg macht, so ruft mich nur— und ich will den Junker an sein Bett schließen lassen.

ROBERT. (sieht ihn wild an, ohne ein Wort zu sagen.)

(Hamilton geht ab.)

ROBERT. (zu den beiden Bedienten.) Nicht wahr, William, der Mensch ist nicht gescheut. Sagt mir aufrichtig, scheint er euch nicht ein wenig verrückt zu sein, der Lord Hamilton? Er bild't sich wohl ein, daß ich ein Kind, oder ein Narr, oder noch was schlimmers bin, weil ich nicht (sich ehrerbietig bückend) Lord Hamilton sein kann.

WILLIAMS. Halten Sie sich ruhig, junger Herr.

ROBERT. Maulaffe! bist du auch angesteckt?—Komm du her, Peter, du bist mir immer lieber gewesen, als der weise Esel da. Sagt mir doch, habt ihr nichts von Feierlichkeiten gehört, die in der Stadt angestellt werden sollen, von Illuminationen, Freudenfeuer?—

PETER.
 Wenn Sie doch könnten in Schlaf kommen, mein lieber
junger Herr!

   ROBERT. Immer dieselbe Leier; wenn ich nicht närrisch
wäre, könntet ihr mich dazu machen.—Die Prinzessin von
Carignan soll morgen Hochzeit halten, ob was dran ist! Habt
ihr nichts gehört?

   (Peter und William sehen sich mit verwunderungsvollen
großen Augen an.)

   ROBERT. Seid ihr denn stumm geworden, ihr Holzköpf. Ists
euch verboten, mirs zu sagen? Wer hats euch verboten?
Geschwind!

PETER. Lieber junger Herr, wenn Sie sich zudeckten, und
sähen in
 Schweiß zu kommen. (er will ihn anfassen, Robert stößt ihn
von sich.)
 Wenn Sie nur in Ruh kommen könnten, allerliebster junger
Herr.

   ROBERT. Daß dich Gott verdamm, mit deiner Ruh!—Setz
dich! (er setzt sich aufs Bett, *Robert* faßt ihn an den
Kragen.) Den Augenblick sag mir, Bestie, wie heißt der
Gemahl der Prinzessin von Carignan?

WILLIAMS. (kommt von der anderen Seite, faßt ihn gewaltsam an, und kehrt ihn um.) Will er wohl ruhig sein, oder ich nehm ihn augenblicklich, und bind ihn fest ans Bett.

ROBERT. (schweigt ganz stille.)

PETER. (zu Williams.) Gott und Herr! er phantasiert erschrecklich.

ROBERT. (nachdem er eine Weile stille gelegen.) Gut, daß ich mit dir reden darf, mitleidige Wand. Es ist mir doch, als ob du dich gegen mich bewegtest, dich herab zu mir neigtest, und stumm, aber gefühlig zu meiner Verzweiflung zittertest. Sieh, wie ich verraten da liege! alles, alles verrät mich— (zieht das Bild der Prinzessin aus seinem Busen, und macht das Futteral auf.) Auch dies. Auch diese schwarzen Augen, die keinen Menschen scheinen unglücklich sehen zu können, die Liebe und Wohltun wie die Gottheit selber sind. Sie hat alles das angestellt.—Sie will mich wahnwitzig haben—Sie, heiraten! könnte sie das, wenn ihr Herz weich und menschlich wäre. Nein, sie ist grausamer als alle wilde Tiere, grausamer als ein Tyrann, grausamer als das Schicksal selbst, das Weinen und Beten nie verändern kann. Sie kann mich leiden sehen, und an Hochzeitsfreuden denken—Und doch, wenn sie muß! wenn sie glücklicher dadurch wird—Ja, ich will gern leiden, will das Schlachtopfer ihres Glücks sein—Stirb, stirb, stirb, *Robert*! es war dein Schicksal, du mußt nicht darüber murren, sonst wirst du ausgelacht.

(Bleibt mit dem Bild ans Gesicht gedrückt eine Weile stumm auf seinem Kissen liegen.)

(Tognina, eine Buhlerin, schön geputzt, tritt leise herein. Peter geht ihr auf den Zehen entgegen.)

PETER. Still, er schläft!—das ist ein Glück. Wir dachten schon, er sollt uns zum Fenster heraus springen. Die Hitze ist gar zu groß bei ihm.

TOGNINA. Laßt mich nur! ich werd ihn nicht wecken. Ich werd an seinem Bett warten, bis er aufwacht. (setzt sich ans Bett.)

ROBERT. (kehrt sich hastig um.) Wer ist da?

TOGNINA. Schöner junger Herr! werden Sie nicht böse, daß ich so ungebeten herein komme. Ich bin hierher gewiesen, ich bin eine arme Waise, die Vater und Mutter verloren hat, und sich kümmerlich von ihrer Hände Arbeit nähren muß.

ROBERT. Das sieht man euch nicht an.

TOGNINA. Alles, was ich mir verdiene, wend ich auf meine Kleidung. Ich denke, es steht einem jungen Mädchen nicht so übel an, als wenn sie das bißchen Schönheit, das ihr der Himmel gab, nicht einmal sucht an den Tag zu legen. Ich will nicht gefallen, gnädiger Herr, (ihn zärtlich ansehend) ich weiß wohl, daß ich nicht im Stande bin, Zärtlichkeit einzuflößen; aber zum wenigsten bin ich hochmütig genug, daß ich niemand durch meine Gestalt beleidigen mag.

ROBERT. Was wollt ihr von mir?

TOGNINA. (etwas verwirrt.) Von Ihnen?—was ich von Ihnen will?—Das ist eine seltsame Frage, die ich Ihnen so geschwind nicht beantworten kann. Ich höre, daß Sie krank sind, schöner junger Herr, Sie brauchen Pflege, Sie brauchen Aufwartung. Sie brauchen vielleicht auf die Nacht eine Wärterin.

ROBERT. (die Zähne knirschend.) Wer hat euch gesagt, daß ich krank sei?

TOGNINA. Niemand, gütiger Herr—die Frau vom Hause hat es mir gesagt—und in der Tat, man sieht es Ihnen an; (seine Hand fassend.) Dieser Puls will mir nicht gefallen. (streift ihm den Arm auf.) Was für einen schönen weißen Arm Si ehaben—und wie nervigt! dieser Arm könnte Herkules Keule tragen.

ROBERT. (reißt ich los von ihr, richtet sich auf, und sieht sie starr an.) Wer seid ihr?

TOGNINA. Ich bin—ich habe es Ihnen ja schon gesagt, wer ich bin.

ROBERT. Ihr seid eine Zauberin; aber (auf sein Herz weisend) hier ist

Stein, Kieselstein. Wißt ihr das?

TOGNINA. Das gesteh ich.—Haben Sie noch nie geliebt?—
Ich muß Ihnen doch sagen, hier ward gestern eine neue Oper
gegeben—Die Scythen, oder der Sieg des Liebesgottes—
Unvergleichlich, Mylord; gewiß—Es war auch so ein junger
Herr drinne, wie Sie, der alles Frauenzimmer verachtete.
Aber was meinen Sie wohl, womit die Liebesgöttin und die
Amors ihn bekämpften? Raten Sie einmal, ich bitte Sie, was
für fürchterliche Waffen sie seiner knotigen Keule entgegen
setzten?

ROBERT. Vergiftete Blicke, wie die eurigen.

TOGNINA. Blumen, junger Herr, nichts als arme Blumen—
(reißt sich eine Rose von der Brust, und wirft ihn damit.)
Sehen Sie, so machten sies—Spielend (eine aus ihrem
Haarputze) Spielend. (wieder eine andere von ihrer Brust.)
spielend überwanden sie ihn. Hahaha, (ihn an die Hand
fassend) ist das nicht lustig, mein kleines Herzchen?

ROBERT. (verstohlen, die Zähne knirschend.) O
unbarmherziger Himmel! —Armida!—(Tognina ans Knie
fassend.) Ihr seid gefährlich, Kleine! voll Lüsternheit! voll
Liebreiz! Laßt uns allein bleiben, ich habe euch viel zu sagen.

(Sie winkt den Bedienten, die gehen heraus.)

ROBERT. (zieht das Portrait aus dem Busen.) Seht, hier hab ich ein Bild, das allein ist euch im Wege. Wenn ihr Meisterin von meinem Herzen werden wollt, gebt mir eine Schere, daß ich es von diesem Halse löse, dan den ich es damals leider, ach, auf ewig knüpfte! Ich bin nicht im Stande, euch in eurer zauberreiches Auge zu sehen, eure weiche Hand gegen mein Herz zu drücken, euren glühenden Lippen meinen zitternden Mund entgegen zu strecken, so lang dies Bild an meinem Halse hängt.

TOGNINA. Gleich, gnädiger Herr! (zieht eine Schere aus ihrem Etui, und sett sich aufs Bett, ihm das Bild abzulösen.)

ROBERT. (reißt ihr die Schere aus der Hand, und gibt sich einen Stich in die Gurgel.) Grisette! hab ich dich endlich doch überlistet.

TOGNINA. Ich in des Todes! Hülfe!—(läuft heraus.)

ROBERT. Ists denn so weit—(breitet die Arme aus.) Ich komme, ich komme!—Furchtbarstes aller Wesen! an dessen Dasein ich so lange zweifelte; das ich zu meinem Trost leugnete, ich fühle dich—Du, der du meine Seele hierher gesetzt! du, der sie wieder in seine grausame Gewalt nimmt. Nur nicht verbiete mir, daß ich ihrer nicht mehr denken darf. Eine lange, furchtbare Ewigkeit ohne sie. Sieh, wenn ich gesündigt habe, ich will gern Straf und Marter dulden; Höllenqualen dulden, wie du sie mir auflegen magst; nur laß das Andenken an sie sie mir versüßen.

(Lord Hot, Lord Hamilton, Bedienten und Tognina kommen.)

LORD HOT. Ich unglücklicher Vater!

HAMILTON. Er wird sich nur geritzt haben.

LORD HOT. Verbindt ihn; er verblutet sich. (reißt ein Schnupftuch aus der Tasche, und sucht das Blut aufzuhalten.) Kommt denn der Wundarzt noch nicht? So lauft denn jemand anderswo nach ihm! lauft alle miteinander nach ihm!—Das sind die Folgen deiner Politik, Hamilton.

HAMILTON. (zu Tognina.) Ihr ward rasend, daß ihr ihm das Messer in die Hand gabt.

TOGNINA. Er tat so ruhig, gnädiger Herr.

LORD HOT. Mörder! Mörder! allezusammen! ihr habt mich um meinen Sohn gebracht.

HAMILTON. Es kann unmöglich so gefährlich sein.

ROBERT. (im Wundfieber.) Nein, Armida! nein!—so viel Augen haben nach mir gefunkelt! so viel Busen nach mir sich ausgedehnt! ich hätte so viel Vergnügen haben können— nein, das ist nicht dankbar.

LORD HOT. Kommt denn der Wundarzt nicht?

ROBERT. Nein, das ist nicht artig—Ich war jung, ich war schön! o schön! schön! ich war zum Fressen, sagten sie—Sie wurden rot, wenn sie mit mir sprachen, sie stotterten, sie stammelten, sie zitterten—nur eine, sagte ich, nur eine—und das mein Lohn!

LORD HOT. Geschwind lauft zu meinem Beichtvater!

(Bediente ab.)

(Wundarzt kommt; nähert sich, und untersucht die Wunde.)

LORD HOT. Nun, wie ists? ist Hoffnung da?

WUNDARZT. (blickt auf, und sieht ihn eine Weile bedenklich an.)

LORD HOT. (fällt auf einen Stuhl.) Aus!

WUNDARZT. Warum soll ich Ihnen mit vergeblicher Hoffnung schmeicheln?—die Luftröhre ist beschädigt.

LORD HOT. (legt die Hand vors Gesicht und weint.)

ROBERT. Nun—nun—nun—meine Armida! jetzt gilt es dir zu beweisen, wer unter uns beiden Recht hat—jetzt—jetzt—Laß meinen Vater sagen! laß die ganze Welt sagen-LORD HOT. (sthet auf, zu Lord Hamilton.) Du hast mich um meinen Sohn gebracht, Hamilton—Dein waren alle diese Anschläge!—du sollst mir dran glauben, oder ich-

HAMILTON. Besser ihn tot beweint, als ihn wahnwitzig herum geschleppt. (geht ab.)

(Lord Hot zeiht den Degen, und will ihm nach. Sein Beichtvater, der herein tritt, hält ihn zurück.)

BEICHTVATER. Wohin, Lord Hot?

LORD HOT. Der Mörder meines Sohns-BEICHTVATER. Kommen Sie! der Verlust tut Ihnen noch zu weh, als daß Sie gesund davon urteilen können.

LORD HOT. So helfen Sie uns wenigstens seine junge Seele retten. Es war sein Unglück, daß er in der Kindheit über gewisse Bücher kam, die ihm Zweifel an seiner Religion beibrachten. Aber er zweifelt nicht aus Libertinage, das kann ich Ihnen versichern. Reden Sie ihm zu, Mann Gottes, da er am Rande der Ewigkeit steht.

BEICHTVATER. (tritt näher, und setzt sich auf sein Bett.) Lord Robert, ich weiß nicht, ob Sie mich noch verstehen, aber ich hoffe zu Gott, der Sie erschaffen hat, er wird wenigstens einige meiner Worte den Weg zu Ihrem Herzen finden lassen, wenn Ihr Verstand sie gleich nicht mehr fassen kann. Bedenken Sie, wenn Sie noch Kräfte übrig haben, welchem entscheidenden Augenblick Sie nahe sind, und wenden Sie die letzte dieser Kräfte an, das, was ich ihnen sage, zu beherzigen.

ROBERT. (nimmt das Bild hervor, und küßt es.) Daß ich das hier lassen muß.

BEICHTVATER. Sie gehen in die Ewigkeit über! Lord Robert, Lord Robert, machen Sie Ihr Herz los von allem Irdischen. Sie sind jung, Sie sind liebenswürdig, Sie haben Ihrem Vaterlande die reizendste Hoffnungen vernichtet; aber Ihr Herz ist noch Ihre; wenden Sie das von den Geschöpfen, an denen Sie zu sehr hingen, zu dem Schöpfer, den Sie beleidiget haben, der Ihnen verzeihen will, der Sie noch liebt, wenn Sie ihm das Herz wieder ganz weihen, das Sie ihm entrissen haben.

ROBERT. (kehrt sich auf die andere Seite.)

BEICHTVATER. Unglücklicher! Sie wollen nicht? Bedenken Sie, wo Sie stehen, und vor wem.—Wollen Sie mir die Hand drauf reichen, daß Sie sich seinem Willen unterwerfen wollen—noch ist es Zeit—Sie bewegen die Lippen.—Sie wollen mir etwas sagen.

ROBERT. (kehrt sich um, der Beichtvater hält ihm das Ohr hin, er flüstert ihm unvernehmlich zu.)

BEICHTVATER. Unter Bedingungen!—Bedenken Sie, was Sie verlangen—Bedingungen mit Ihrem Schöpfer? (Robert hält ihm die Hand, er reicht ihm das Ohr noch einmal hin)—Daß er Ihnen erlaube, Armiden nicht zu vergessen—O lieber Lord Robert! in den letzten Augenblicken!—Bedenken Sie, daß der Himmel Güter hat, die Ihnen noch unbekannt sind; Güter die die irrdischen so weit übertreffen, als die Sonne das Licht der Kerzen übertrifft. Wollten Sie nicht mehr besitzen können; zu Ihrer Marter auf ewig im Gedächtnis zu behalten.

ROBERT. (hebt das Bild in die Höhe, und drückt es ans Gesicht, mit äußerster Anstrengung halb röchelnd) Armida! Armida.—Behaltet euren Himmel für euch.

(er stirbt.)

CONTENTS